별

어르신 이야기책 _302 긴글

별

초판 1쇄 발행일 2018년 3월 9일

지은이 황순원
그린이 낙송재
펴낸이 이원중

펴낸곳 지성사 출판등록일 1993년 12월 9일 등록번호 제10-916호
주소 (03408) 서울시 은평구 진흥로1길 4(역촌동 42-13) 2층
전화 (02) 335-5494 팩스 (02) 335-5496
홈페이지 지성사.한국 | www.jisungsa.co.kr 이메일 jisungsa@hanmail.net

ISBN 978-89-7889-370-1 (04810)
978-89-7889-349-7 (세트)

잘못된 책은 바꾸어 드립니다. 책값은 뒤표지에 있습니다.

이 도서의 국립중앙도서관 출판예정도서목록(CIP)은 서지정보유통지원시스템 홈페이지 (http://seoji.nl.go.kr)와 국가자료공동목록시스템(http://www.nl.go.kr/kolisnet)에서 이용하실 수 있습니다. (CIP제어번호: CIP2018006011)

어르신 이야기책 _302 긴글

별

황순원 글 · 낙송재 그림

지성사

동네 애들과 노는 아이를 한동네 과수노파가 보고,
같이 저자에라도 다녀오는 듯한 젊은 여인에게 무심코,

쟈 동복누이가 꼭 죽은 쟈 오마니 닮았디 왜,

한 말을 얼김에 듣자 아이는 동무들과 놀던 것도
잊어버리고 일어섰다.

아이는 얼핏 누이의 얼굴을 생각해내려 하였으나
암만 해도 떠오르지 않았다.
집으로 뛰면서 아이는 저도 모르게, 오마니 오마니,
수없이 외었다.

집 뜰에서 이복동생을 업고 있는 누이를 발견하고
달려가 얼굴부터 들여다보았다.

너무나 엷은 입술이 지나치게 큰 데 비겨
눈은 짯짯하니 작고,
그 눈이 또 늘 몽롱히 흐려 있는 누이의 얼굴.

아홉 살 난 아이의 눈은 벌써 누이의 그런 얼굴 속에서
기억에는 없으나 마음속으로 그렇게 그려오던
돌아간 어머니의 모습을 더듬으며 떨리는 속으로
찬찬히 누이를 바라보았다.

참으로 오마니는 이 누이의 얼굴과 같았을까.

그러자 제법 어른처럼 갓 난 이복동생을 업고 있던
열한 살잡이 누이는 전에 없이 별나게
자기를 자세히 들여다보는 동복 남동생에게
마치 어머니다운 애정이 끓어오르기나 한 듯이
미소를 지어 보였을 때,

아이는 누이의 지나치게 큰 입새로 드러난 검은 잇몸을
바라보며 누이에게서 돌아간 어머니의 그림자를 찾던
마음은 온전히 사라지고, 어머니가 누이처럼 미워서는
안 된다고 머리를 옆으로 저었다.

우리 오마니는 지금 눈앞에 있는 누이로서는
흉내도 못 내게스레 무척 이뻤으리라.

그냥 남동생이 귀엽다는 듯이 미소를 짓고 있는
누이에게 아이는 처음으로 눈을 흘기며
무서운 상을 해보였다.
미운 누이의 얼굴이 놀라 한층 밉게 찌그러질 만큼.

생각다 못해 종내 아이는 누이가 꼭 어머니 같다고 한 동네 과수노파를 찾아 자기 집에서 왼편 쪽으로 마주난 골목 막다른 집으로 갔다.

마침 노파는 새로 지은 저고리 동정에 인두질을 하고 있었다. 늘 남에게 삯바느질을 시켜 말쑥한 옷만 입고 다녀 동네에서 이름난 과수노파가 제 손으로 인두질을 하다니 웬일일까.

그러나 아이를 보자 과수노파는 아이보다도 더 의아스러운 눈초리를 하면서 인두를 화로에 꽂는다. 아이는 곧 노파에게, 아니 우리 오마니하구 우리 뉘하구 같이 생겠단 말은 거짓말이디요? 했다.

노파는 더욱 수상하다는 듯이 아이를 바라보다가
그러나 남의 일에는 흥미없다는 얼굴로,
왜 닮았디, 했다.

아이는 떨리는 입술로 다시, 아니 우리 오마니 입하구
뉘 입하구 다르게 생기디 않았이요? 하고
열심히 물었다.

노파는 이번에는 화로에 꽂았던 인두를 뽑아 자기 입술
가까이 갖다 대어 보고 나서, 반만큼 세운
왼쪽 무릎 치마에 문대고는 일감을 잡으며 그저,
그러구 보믄 다른 것 같기두 하군, 했다.

아이는 인두질하는 과수노파의 손 가까이로 다가서며 퍼뜩 과수노파의 손이 나이보다는 젊고 고아 보인다는 생각을 하면서, 우리 오마니 잇몸은 우리 뉘 잇몸터럼 검디 않구 이뻤디요? 했다.

과수노파는 아이가 가까이 다가와 어둡다는 듯이 갑자기 인두 든 손으로 아이를 물러나라고 손짓하고 나서 한결같이 흥없이, 그래앤, 했다.

그러나 아이만은 여기서 만족하여 과수노파의 집을 나서 그 달음으로 자기 집까지 뛰어오면서, 그러면 그렇지 우리 오마니가 뉘터럼 미워서야 될 말이냐고 속으로 수없이 되뇌었다.

안뜰에 들어서자 누이가 안 보임을 다행으로 여기며

방 안으로 들어갔다. 그리고 책상 앞으로 가 란도셀(멜빵가방)

속에서 산수책을 꺼내다가

그 속에 인형을 발견하고 주춤 손을 거두었다.

누이가 비단 색헝겊을 모아 만들어준 낭자를 튼

예쁜 각시인형이었다.

그리고 아이가 언제나 란도셀 속에 넣어 가지고 다니는

인형이었다.

과목은 요일에 따라 바뀌었으나 항상 란도셀 속에

이 인형만은 변함없이 들어 있었다.

아이는 인형을 꺼내 들었다. 그러자 지금 아이는
이 인형의 여태까지 그렇게 예쁘던 얼굴이
누이의 얼굴이나 한 것처럼 미워짐을 어쩔 수 없었다.

곧 아이는 인형을 내다 버려야 한다는 걸 느꼈다.
그걸 품에 품고 밖으로 나섰다.

저녁 그늘이 내린 과수노파가 사는 골목을 얼마
들어가다 아이는 주위에 사람 없는 것을 살피고 나서
주머니에서 칼을 꺼냈다.

칼끝으로 땅을 파가지고 거기에다
품속의 인형을 묻었다. 그러고는 그곳을 떠났다.

인형인지 누이인지 분간 못할 서로 얽힌 손들이
매달리는 것 같음을 아이는 느꼈다.
그러나 아이는 어머니와 다른 그 손들을
쉽사리 뿌리칠 수 있었다.

골목을 다 나온 곳에서 달구지를 벗은 당나귀가
아이의 아랫도리를 찼다. 아이는 굴러 나동그라졌다.
분하다. 일어난 아이는 당나귀 고삐를 쥐고
달구지채로 해서 당나귀 등에 올라탔다.

당나귀가 제 꼬리를 물려는 듯이 돌다가
날뛰기 시작했다.

아이는, 그럼 우리 오마니가 뉘터럼 생겠단 말이가? 뉘터럼 생겠단 말이가? 하고 당나귀가 알아나 듣는 것처럼 소리를 질렀다. 당나귀가 더 날뛰었다. 아이의, 뉘터럼 생겠단 말이가? 하는 소리가 더 커갔다.

그러다가 별안간 뒤에서 누이의, 데런! 하는 부르짖음 소리를 듣고 아이는 그만 당나귀 등에서 떨어지고 말았다. 땅에 떨어진 아이는 다리 하나를 약간 삔 채로 나자빠져 있었다. 누이가 분주히 달려왔다.

그러나 아이는 누이가 위에서 굽어보며 붙들어 일으키려는 것을 무지스럽게 손으로 뿌리치고는 혼자 벌떡 일어나, 삔 다리를 예사롭게 놀려 집으로 돌아갔다.

갓 난 이복동생을 업어주는 것이 학교 다녀온 뒤의
나날의 일과가 되어 있는 누이가,
하루는 아이의 거동에서 자기를 꺼리고 있다는 것을
눈치채고는 그런 동생을 기쁘게 해주려는 듯이,
업은 애의 볼기짝을 돌려대더니 꼬집기 시작했다.

물론 누이의 손은 힘껏 꼬집는 시늉만 했고, 그럴 적마다
그 작은 눈을 힘주는 듯이 끔쩍끔쩍하였지만, 결국은
애가 울지 않을 정도로 조심하면서 꼬집어대는 것이었다.

사실 줄곧 누이에게만 애를 업히는 의붓어머니에게
슬그머니 불평 같은 것이 가고 누이에게는 동정이 가던
아이였다.

그러나 이날 아이는 자기를 기껍게나 해주려는 듯이
이복동생의 볼기짝을 힘껏 꼬집는 시늉을 하는
누이에게 재미있다는 생각이 일기는커녕 도리어 밉고,
실눈을 끔쩍일 적마다 흉하게만 여겨졌다.
아이는 문득 누이를 혼내줄 계교가 생각났다.

그는 날렵하게 달려가 이복동생의 볼기짝을 진짜로
꼬집어댔다. 그리고 업힌 애가 울음을 터뜨리는 걸
보고야 꼬집기를 멈추고 골목으로 뛰어가 숨었다.

이제 턱이 받은 의붓어머니가 달려나와,
왜 애를 그렇게 갑자기 울리느냐고 누이를 꾸짖으리라.

아이는 골목에서 몰래 의붓어머니가 나오기만 기다렸다.
사실 곧 의붓어머니는 나왔다. 그리고 또 어김없이
누이를 내려다보면서, 앨 왜 그렇게 갑자기 울리니, 했다.

아이는 재미나하는 장난스런 미소를 떠올렸다.
그러나 다음 순간 아이는 누이의 대답이 어떨까 하는
생각이 들면서, 이번에는 저도 모르게 미소가 걷히고
귀가 기울여졌다.

그렇게 자기들을 못살게 굴지는 않는다고 생각되면서도
어딘가 어렵고 두렵게만 여겨지는 의붓어머니에게
겁난 누이가 그만 자기가 꼬집어서 운다고
바로 이르기나 하면 어쩌나.

그러나 누이는 의붓어머니가 어렵고 힘들고 두렵게
생각 키우지도 않는지 대담스레 고개를 들고,
아마 내 등을 빨다가 울 젠 배가 고파 그런가 봐요,
하지 않는가.

아, 기묘한 거짓말을 잘 돌려댄다.

그러나 지금 대담하게 의붓어머니에게 거짓말을 하여
자기를 감싸주는 누이에게서 어머니의 애정 같은 것이
풍기어오는 듯함을 느끼자 아이는,
우리 오마니가 뉘 같지는 않았다고 속으로 부르짖으며
숨었던 골목에서 나와 의붓어머니에게로 걸어갔다.

그러고는, 난 또 애 업구 어디 넘어디디나 않았나 했군,

하면서 누이의 등에서 어린애를 풀어내고 있는

의붓어머니에게 아이도 이번에는 겁내지 않고,

이자 내가 애 엉뎅일 꼬집었어요, 했다.

아이는 옥수수를 좋아했다. 옥수수를 줄줄이 다음다음 뜯어먹는 게 참 재미있었다.
알이 배고 줄이 곧은 자루면 엄지손가락 쪽의 손바닥으로 되도록 여러 알을 한꺼번에 눌러 밀어 얼마나 많이 붙은 쌍둥이를 떼어낼 수 있나 누이와 내기하기도 했다.

물론 아이는 이 내기에서 누이한테 늘 졌다.
누이는 줄이 곧지 않은 옥수수를 가지고도 꽤는 잘 여러 알 붙은 쌍둥이를 떼어내곤 했다.
그렇게 떼어낸 쌍둥이를 누이가 손바닥에 놓아 내밀면 아이는 맛있게 그걸 집어먹기도 했다.

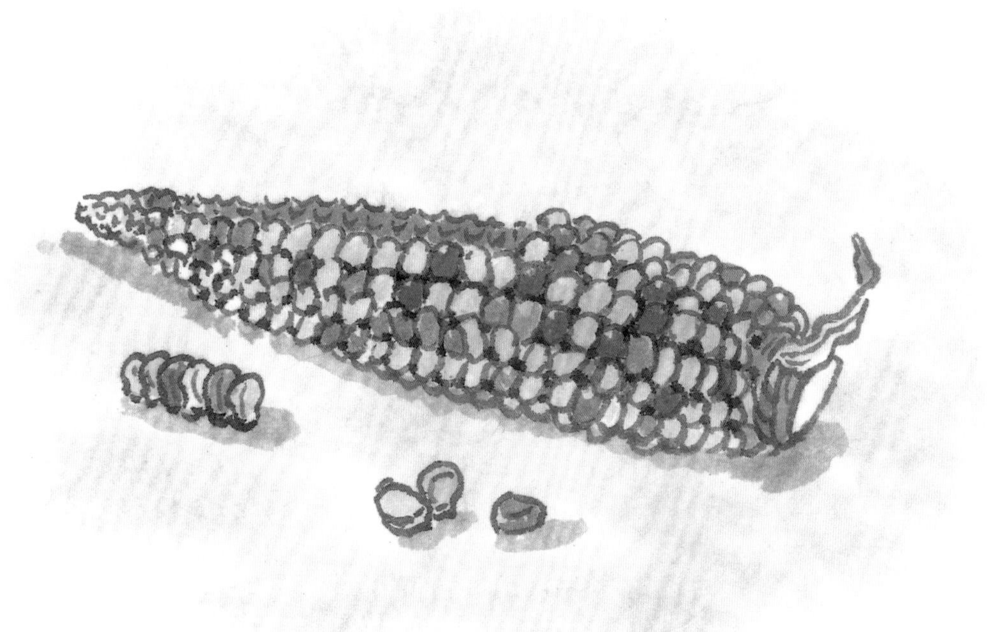

그러나 이날 아이는 누이가, 우리 누가 많이 쌍둥이를
만드나 내기할까? 하는 것을 단박에, 싫어! 해버렸다.
누이는 혼자 아이로서는 엄두도 못 낼
긴 쌍둥이를 떼어냈다.

아이는 일부러 줄이 곧게 생긴 옥수수자루인데도
쌍둥이를 떼어내지 않고 알알이 뜯어먹고만 있었다.

누이는 금방 뜯어낸 쌍둥이를 아이에게 내주었다.
그러나 아이는 거칠게, 싫어! 하고
머리를 도리질하고 말았다.
누이가 새로 더 긴 쌍둥이를 뜯어내서는
다시 아이에게 내밀었다.

그러나 누이가 마치 어머니처럼 굴 적마다 도리어 돌아간 어머니가 누이와 같지 않다는 생각으로 해서 더 누이에게 냉정할 수 있는 아이는, 내민 누이의 손을 쳐 쌍둥이를 떨궈버리고 말았다.

그러던 어떤 날 저녁, 어둑어둑한 속에서 아이가 하늘의 별을 세며 별은 흡사 땅 위의 이슬과 같다고 생각하고 있는데, 누이가 조심스레 걸어오더니 어둑한 속에서도 분명한 옥수수 한 자루를 치마폭 밑에서 꺼내어 아이에게 쥐어주었다.

그러나 아이는 그것을 먹어볼 생각도 않고 그냥 뜨물 항아리 있는 데로 가 그 속에 떨구듯 넣어버렸다.

아이는 또 땅바닥에 갖가지 지도 같은 금을 그으며
놀기를 잘했다. 바다를 모르는 아이는
바다 아닌 대동강을 여러 개 그리고,
산으로는 모란봉을 몇 개고 그리곤 했다.

그러다가 동무가 있으면 땅따먹기도 했다.
상대편의 말을 맞히고 뼘을 재어
구름이 피어오르는 듯한 땅과
무성한 나무 같은 땅을 만드는 게 재미있었다.

그날도 아이는 옆집 애와 길가에서 땅따먹기를 하고
있었다.
옆집 애의 땅한테 아이의 땅이 거의 잠식당하고 있었다.

한쪽 금에 붙어 꼭 반달처럼 생긴 땅과
거기에 붙은 한 뼘 남짓한 땅이 남았을 뿐이었다.
그것마저 옆집 애가 새로 말을 맞히고
한 뼘 재 먹은 뒤에는 또 줄었다.

이번에는 아이가 칠 차례였다. 옆집 애가 말을 놓았다.
그것은 아이의 반달 땅 끝에서 한껏 먼 곳이었다.
그러나 아이는 기어코 반달 끝에다 자기의 말을 놓았다.

옆집 애는 아이의 반달 땅에 달린 다른 나머지 땅에서가
자기의 말이 제일 가까운데 왜 하필 반달 끝에서
치려는지 이상히 여기는 눈치였다.

사실 어디까지나 반달 끝에다 한 뼘 맘껏 둘러 재어
동그라미를 그어놓으면 얼마나 아름다울지 모르겠다는
아이의 계획을 옆집 애는 알 턱 없었다.

아이는 반달 끝에서 옆집 애의 말까지의 길을 닦았다.
이번에는 꼭 맞혀 이 반달 위에 무지개 같은
동그라미를 그어놓으리라.
아이의 입은 꼭 다물어지고 눈은 빛났다.
뒤이어 아이는 옆집 애의 말을 겨누어 엄지손가락에
버텼던 장가락(가운뎃손가락)을 퉁기었다.

그러나 아이의 장가락 손톱에 맞은 말은
옆집 애의 말에서 꽤 먼 거리를 두고 빗지나갔다.

옆집 애가 됐다는 듯이 곧 자기의 말을 집어들며
아이가 아무리 먼 곳에 말을 놓더라도
대번에 맞혀버리겠다는 득의의 미소를 떠올렸다.

그러면서 아이의 말 놓기를 기다리다가
흐려지지도 않은 경계선을 사금파리 말을 세워 그었다.
아이의 반달 끝이 이지러지게 그어졌다.

아이가, 이건 왜 이르케? 하고 고함쳤다.
옆집 애는 곧 다시 고쳐 금을 그었다.
옆집 애는 아이가 자기의 땅을 줄게 그어서
그러는 줄로 알았는지 이번에는 반달의 등이
약간 살찌게 그어놓았다.

아이는 그래두, 것두 아냐! 했다.

그러는데 어느새 왔는지 누이가 등 뒤에서
옆집 애의 말을 빼앗아서는 동생을 도와
반달의 배가 부르게 긋기 시작했다.

그러나 아이는 누이가 채 다 긋기도 전에
손바닥으로 막 지워버리면서,
이건 더 아냐! 이건 더 아냐! 하고 소리 질렀다.

하루는 아이가 뜰 안에서 혼자 땅바닥에다
지도 같은 금을 그으며 놀고 있는데,
바깥에서 누이가 뒷집 계집애와 싸우는 소리가 들려,
마침 안의 어른들이 듣지 못하고 있는 것을 다행으로
열린 대문 새로 내다보았다.

아이가 늘 예쁘다고 생각해오던
뒷집 계집애의 내민 역시 예쁜 얼굴에서,
그래 안 맞았단 말이가?
하는 말소리가 빠른 속도로 계속되는 대로,
또 누이의 내민 밉게 찌그러진 얼굴에서는,
안 맞지 않구,
하는 소리가 같은 속도로 계속되고 있었다.

땅따먹기 하다가 말이 맞았거니 안 맞았거니 해서
난 싸움이 분명했다.

어느 편이 하나 물러나는 법 없이 점점 더 다가들면서
내민 입으로 자기의 말소리를 좀 더 이악스레 빠르게들
하고 있는데,
저쪽에서 뒷집 계집애의 남동생이 달려오더니
다짜고짜로 누이에게 흙을 움켜 뿌리는 것이 아닌가.

그러자 뒷집 계집애의 예쁜 얼굴이 더 내밀어지며,
그래 안 맞았단 말이가? 하는 소리가 더 날카롭고 빠르게
계속되는 한편, 누이는 먼저 한 걸음 물러나며,
안 맞디 않구, 하는 소리도 떠져갔다.

立春大吉

뒷집 계집애의 남동생이 또 흙을 움켜 뿌렸다.
뒷집 계집애의 남동생이 흙을 움켜 뿌릴 적마다
이쪽 누이는 흠칫흠칫 물러나며 말소리가 줄고,
뒷집 계집애의 말소리는 더욱 잦아갔다.

그러자 아이는 저도 깨닫지 못하고 대문을 나서
그리로 걸어갔다.

아이를 보자 뒷집 계집애의 남동생이 우선 흙 뿌리기를
멈추고, 다음에 뒷집 계집애가 다가오기를 멈추고,
다음에 계집애의 말소리가 늦추어지고,
다음에 누이가 뒷걸음치던 걸음을 멈추었다.

그리고 누이는 뒷집 계집애의 남동생처럼
자기의 남동생도 역성을 들러 오는 것으로만
안 모양이어서 차차 기운을 내어 다가나가며,
안 맞디 않구, 안 맞디 않구, 하는 소리를
점점 빠르게 회복하고 있었다.

거기 따라 뒷집 계집애는 도로 물러나며 점차,
그래 안 맞았단 말이가? 하는 소리를 늦추고 있고,
뒷집 계집애의 남동생도 한옆으로 아이를 피하고 있었다.

그러나 아이는 싸움터로 가까이 가자 누이의 흥분된
얼굴이 전에 없이 더 흉하게 느껴지면서,
어디 어머니가 저래서야 될 말이냐는 생각에,

냉연하게 그곳을 지나쳐버리고 말았다.

그리고 등 뒤로 도로 빨라가는 뒷집 계집애의 말소리와
급작스레 떠지는 누이의 말소리를 들으면서도
아이는 누이보다 예쁜 뒷집 계집애가
싸움에 이기는 게 옳다고 생각하며
저만큼 골목 어귀에서 여물을 먹고 있는
당나귀에게로 걸어갔다.

열네 살의 소년이 된 아이는 뒷집 계집애보다
더 예쁜 소녀와 알게 되었다.
검고 맑고 깊은 눈하며, 깨끗하고 건강한 볼,
그리고 약간 노란 듯한 머리카락에서 풍기는 숫한 향기.

아이는 소녀와 함께 있으면서 그 맑은 눈과 건강한 볼과
머리카락 향기에 온전히 홀린 마음으로
그네를 바라보기만 하면 그만이었다.

그러나 소녀 편에서는 차차 말없이 자기를 쳐다보기만
하는 아이에게 마음 한구석으로 어떤 부족감을
느끼는 듯했다.

하루는 아이와 소녀는 모란봉 뒤 한 언덕에 대동강을 등지고 나란히 앉아 있었다. 언덕 앞 연보랏빛 하늘에는 희고 산뜻한 구름이 빛나며 떠가고 있었다.

아이가 구름에 주었던 눈을 소녀에게로 돌렸다. 그러고는 소녀의 얼굴을 언제까지나 들여다보기 시작했다. 소녀의 맑은 눈에도 연보랏빛 하늘이 가득 차 있었다. 이제 구름도 피어나리라.

그러나 이때 소녀는 또 자기만 말끄러미 바라보고 있는 아이에게 느껴지는 어떤 부족감을 못 참겠다는 듯한 기색을 떠올렸는가 하면, 아이의 어깨를 끌어당기면서 어느새 자기의 입술을 아이의 입에다 갖다 대고 비비었다.

아이는 저도 모르게 피하는 자세를 취하였으나
서로 입술을 비비고 난 뒤에야 소녀에게서 물러났다.
벌떡 일어났다. 그리고 아이는 거친 숨을 쉬면서
상기돼 있는 소녀를 내려다보았다.

이미 소녀는 아이에게 결코 아름다운 소녀는 아니었다.
얼마나 추잡스러운 눈인가. 이 소녀도 어머니가 아니라는
생각이 불현듯 떠올랐다. 아이는 소녀에게서 돌아섰다.

소녀는 실망과 멸시로 찬 아이의 기색을 느끼며
아이를 붙들려 했으나 아이는 쉽게 그네를 뿌리치고
무성한 여름의 언덕길을 뛰어내릴 수 있었다.

하늘에 별이 별나게 많은 첫가을 밤이었다.
아이는 전에 땅 위의 이슬같이만 느껴지던 별이
오늘밤엔 그 어느 하나가 꼭 어머니일 것 같은 생각이 들어,
수많은 별을 뒤지고 있었다.

그러나 아이는 곧 안에서 누구를 꾸짖는 듯한
아버지의 음성에 정신을 깨치고 말았다.

아이는 다시 하늘로 눈을 부었으나 다시는 어느 별 하나가
어머니라는 환상을 붙들 수는 없었다. 아쉬웠다.

다시 아버지의 누구를 꾸짖는 듯한 음성이 들려 나왔다.

아이는 아쉬운 마음으로 아버지의 음성이 들려오는
창 가까이로 갔다.
안에서는 아버지가, 두번 다시 그런 눈치만 뵀단 봐라,
죽여 없애구 말 테니,
꽉대기 피두 안 마른 년이 누굴 망신시키려구, 하는 품이
누이 때문에 여간 노한 게 아닌 것 같았다.

좀한 일에는 노하는 일이 없는 아버지가 이렇도록
노함에는 심상치 않은 일이 일어났음이 틀림없었다.
의붓어머니의 조심스런 음성으로,
좌우간 그편 집안을 알아보시구레, 하는 말이
들려 나왔다.

이어서 여전히 아버지의,

알아보긴 쥐뿔을 알아봐! 하는 노기 찬

음성이 뒤따랐다.

이번엔 누이의 나직이 떨리는 음성이 한 번,

동무의 오라비야요, 했다.

이젠 학교두 고만둬라, 하는 아버지의 고함에,

누이 아닌 아이가 등골이 서늘해짐을 느꼈다.

그러면서 얼마 전에 누이가 호리호리한 키에

흰 얼굴을 한 청년과 과수노파가 살고 있는 골목 안에

마주서 있는 것을 본 일이 생각났다.

그때 누이는 청년이 한반 동무의 오빠인데
심부름을 왔다고 변명하듯 말했고,
아이는 아이대로 그저 모른 체하고 있었으나,
속으로는 누이 같은 여자와 좋아하는 청년의 마음을
정말 모르겠다고 생각했다.

그 청년과 누이가 만나는 것을 집안에서도 알았음이
틀림없었다.

지금 안에서 의붓어머니의 낮으나 힘이 든 음성으로,
얘 넌 또 웬 성냥 장난이가! 하는 것만은
이제는 유치원에 다니게 된 이복동생을 꾸짖는 소리리라.

요사이 차차 의붓어머니가 어렵고 두렵기만 한 게 아니고
진정으로 자기네를 골고루 위해주고 있다는 것을 깨닫게
된 아이는,
동복인 누이의 일로 의붓어머니를 걱정시키는 것이
아버지에게보다 더 안됐다고 생각됐다.

다시 의붓어머니의 조심성 있고 은근한 음성으로,

너두 생각이 있갔디만 이제 네게 잘못이라두 생기믄
땅속에 있는 너의 어머니한테 어떻게 내가 낯을 들겠니,
자 이젠 네 방으루 건너가그라, 함에

아이는 이번에는 의붓어머니의 애정에 얼굴이 달아오르면서, 정말 누이가 돌아간 어머니까지 들추어내게 하는 일을 저질렀다가는 용서 않는다고 절로 주먹이 쥐어졌다.

어디서 스며오듯 누이의 흐느끼는 소리가 들려왔다. 두번 다시 그런 일만 있었단 봐라, 초매(치마)루 묶어서 강물에 집어넣구 말디 않나, 하는 아버지의 약간 노염은 풀렸으나 아직 엄한 음성에,

아이는 이번에는 또 밤바람과 함께 온몸을 한 번 부르르 떨었다.

꽤 쌀쌀한 어떤 날 밤이었다.
의붓어머니가 아버지에게 애걸하다시피 하여
학교만은 그냥 다니게 된 누이보고 아이가,
우리 산보 가, 했다.

누이는 먼저 뜻하지 않았던 일에 놀란 듯
흐린 눈을 크게 떠 보이고 나서 곧 아이를 따라나섰다.

밖은 조각달이 달려 있었다.
그리고 수많은 별들이 빛나고 있었다.
싸늘한 바람이 불어왔다.
바람이 불어올 적마다 별들은 빛난다기보다
떨고 있는 것만 같았다.

아이는 앞서 대동강 쪽으로 난 길을 접어들었다.

누이는 그저 아이를 따랐다.

어둑한 속에서도 이제 누이를 놀래주리라는 계교 때문에
아이의 얼굴은 미소가 떠올라 있었다.

강둑을 거슬러 오르니까 더 서느러웠다.

전에 없이 남동생이 자기를 밖으로 이끌어낸 것을
의아하게 여기는 눈치로, 그러나 즐거운 듯이 누이가
아이에게, 춥디 않니? 했다.

아이는 거칠게 머리를 옆으로 저었다.

젓고 나서 어둠으로 해서 누이가

자기의 머리 저음을 분간치 못했으리라고 깨달았으나

아이는 잠자코 말았다.

누이가 돌연 혼잣말처럼,

사실 나 혼자였다믄 벌써 죽구 말았어,

죽구 말디 않구, 살믄 뭘 하노…….

그래두 네가 있어 그렇디,

둘이 있다 하나가 죽으믄 남는 게

더 불쌍할 것 같애서…….

난 정말 그래, 하며 바람 때문인지 약간 느끼는 듯했다.

아이는 혹시 집에서 누이의 연애 사건을 알게 된 것이
자기가 아버지나 의붓어머니에게 고자질한 것으로
잘못 알고 있지나 않나 하는 생각이 들자,
누이를 쓸어안고 변명이나 할 듯이 홱 돌아섰다.

누이도 섰다.

그러나 아이는 계획해온 일을 실현할 좋은 계기를
바로 붙잡았음을 기뻐하며 누이에게,
초매 벗어라! 하고 고함을 치고 말았다.

뜻밖에 당하는 일로 잠시 어쩔 줄 모르고 섰다가
겨우 깨달은 듯이 누이는 어둠 속에서 조용히
저고리를 벗고 어깨치마를 머리 위로 벗어냈다.

아이가 치마를 빼앗아 땅에 길게 폈다.
그리고 아이는 아버지처럼 엄하게, 가루 눠라! 했다.
누이는 또 곧 순순히 하라는 대로 했다.

그러나 아이는 치마로 누이를 묶어 강물에 집어넣는
차례에 이르러서는 자기의 하는 일이면
누이가 죽는 한이 있더라도 아무 항거 없이
도리어 어머니다운 애정으로 따라 할 것만 같은 생각이 들며,

누이가 돌아간 어머니와 같은 애정을 베풀어서는

안 된다고

치마 위에 이미 죽은 듯이 누워 있는 누이를

그대로 남겨둔 채 돌아서 그곳을 떠나고 말았다.

누이는 시내 어떤 실업가의 막내아들이라는
작달막한 키에 얼굴이 검푸른,
누이의 한반 동무의 오빠라는 청년과는 비슷도 안 한
남자와 아무 불평 없이 혼약을 맺었다.

그러고 나서 얼마 안 되어 결혼하는 날,
누이는 가마 앞에서 의붓어머니의 팔을 붙잡고는
무던히나 슬프게 울었다.

아이는 골목에 몸을 숨기고 있었다.
누이는 동네 아낙네들이 떼어놓는 대로
가마에 오르기 전에 젖은 얼굴을 들었다.

자기를 찾고 있음이 틀림없다고 생각하면서도,
아이는 그냥 몸을 숨기고 있었다.

그리고 누이가 시집간 지 또 얼마 안 되는 어느 날,
별나게 빨간 놀이 진 늦저녁때
아이네는 누이의 부고를 받았다.

아이는 언뜻 누이의 얼굴을 생각해내려 하였으나
도무지 떠오르지가 않았다. 슬프지도 않았다.

그러다가 아이는 지난날 누이가 자기에게 만들어주었던,
뒤에 과수노파가 사는 골목 안에 묻어버린
인형의 얼굴이 떠오를 듯함을 느꼈다.

아이는 골목으로 뛰어갔다.

거기서 아이는 인형 묻었던 자리라고 생각 키우는 곳을

손으로 팠다.

흙이 단단했다. 손가락을 세워 힘껏힘껏 파댔다.

없었다. 짐작되는 곳을 또 파보았으나 없었다.

벌써 썩어 흙과 분간치 못하게 된 지가 오래리라.

도로 골목을 나오는데 전처럼 당나귀가 매여 있는 게

눈에 띄었다.

그러나 전처럼 당나귀가 아이를 차지는 않았다.

아이는 달구지채에 올라서지도 않고 전보다 쉽사리
당나귀 등에 올라탔다.
당나귀가 전처럼 제 꼬리를 물려는 듯이 돌다가
날뛰기 시작했다.

그리고 아이는 당나귀에게나처럼,
우리 뉠 왜 쥑엔! 왜 쥑엔! 하고 소리 질렀다.

당나귀가 더 날뛰었다.
당나귀가 더 날뛸수록 아이의,
왜 쥑엔! 왜 쥑엔! 하는 지름 소리가 더 커갔다.

그러다가 아이는 문득 골목 밖에서
누이의, 데런! 하는 부르짖음을 들은 거로 착각하면서,
부러 당나귀 등에서 떨어져 굴렀다.

이번에는 어느 쪽 다리도 삐지 않았다.
그러나 아이의 눈에는 그제야 눈물이 괴었다.

어느새 어두워지는 하늘에 별이 돋아났다가
눈물 괸 아이의 눈에 내려왔다.

아이는 지금 자기의 오른쪽 눈에 내려온 별이
돌아간 어머니라고 느끼면서,

그럼 왼쪽 눈에 내려온 별은
죽은 누이가 아니냐는 생각에 미치자

아무래도 누이는 어머니와 같은
아름다운 별이 되어서는 안 된다고
머리를 옆으로 저으며
눈을 감아 눈 속의 별을 내몰았다.

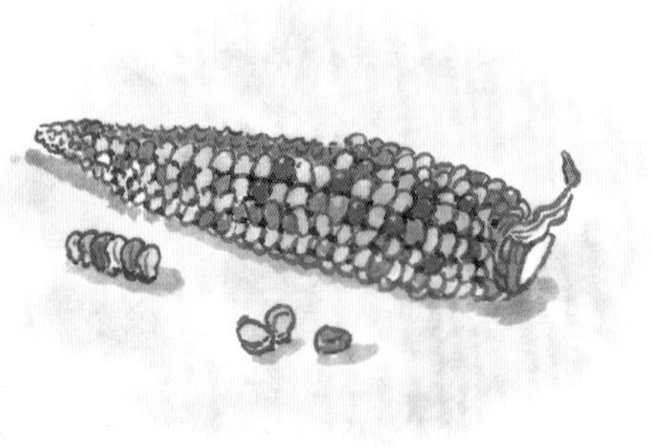